ResumenExpress.com

La desaparición de Stephanie Mailer

de Joël Dicker

GUÍA DE LECTURA

Escrita por Morgane Fleurot
Traducida por Juan Lopez

La desaparición de Stephanie Mailer

de Joël Dicker

Entiende fácilmente
la literatura con

ResumenExpress.com

www.ResumenExpress.com

JOËL DICKER

ESCRITOR SUIZO

- **Nacido en 1985 en Ginebra**
- **Algunas de sus obras:**
  - *Los últimos días de nuestros padres* (2010), novela
  - *La verdad sobre Harry Quebert* (2012), novela
  - *El libro de Baltimore* (2015), novela

Joël Dicker es un joven autor en alza. Licenciado en Derecho por la Universidad de Ginebra y antiguo agregado parlamentario en Suiza, ahora se dedica a su pasión: escribir.

Su segunda novela, *La verdad sobre Harry Quebert* (2012), que ganó el Premio Goncourt para estudiantes de secundaria, ha vendido 5 millones de ejemplares y se ha traducido a 40 idiomas. Tras una primera novela histórica (sus personajes son agentes secretos del SOE), el escritor quiso probar suerte escribiendo un thriller al estilo americano.

Publicado por De Fallois desde su primer libro (2010), Joël Dicker ha rendido homenaje a su editor (fallecido el 2 de enero de 2018) en esta última novela, *La desaparición de Stephanie Mailer*.

LA DESAPARICIÓN DE STEPHANIE MAILER

UN *CASO SIN RESOLVER* EN GIGOGNE

- **Género:** novela negra

- **Edición de referencia:** *La disparition de Stephanie Mailer*, París, Éditions de Fallois, 2018, 640 p.

- **1re edición:** 2018

- **Temas:** thriller, desaparición, asesinato, suspense, suburbios de Nueva York, investigación, teatro, novela de misterio

La desaparición de Stephanie Mailer es una novela densa con aires de thriller americano. Joël Dicker retoma el éxito de su segundo libro, *La verdad sobre Harry Quebert*, y sitúa su acción en Estados Unidos, a pocas horas de Nueva York, en los Hamptons.

Pero esta vez no es Nola Kellergan quien ha desaparecido, sino Stephanie Mailer, una distinguida periodista que investigaba un caso de hace veinte años relacionado con un festival de teatro y un cuádruple asesinato. Aunque las críticas son dispares, Joël Dicker repite la hazaña de un eficaz *pasapáginas*.

RESUMEN

1993-1994

Orphea, un pequeño pueblo de los Hamptons, a unos 100 kilómetros de Nueva York, está bajo el control de su alcalde, Joseph Gordon. Hace cumplir la ley aceptando sobornos de los habitantes en cuanto exigen la aprobación del ayuntamiento para sus actividades. Como de costumbre, Gordon intenta sobornar a Ted Tennenbaum, un joven de complexión imponente y espíritu luchador, pero éste le planta cara: tiene planes para construir su restaurante, el Athena Café, y piensa no ceder al chantaje del alcalde.

Al mismo tiempo, Ted Tennenbaum tiene problemas con el capo Jeremiah Fold, un proxeneta y traficante de drogas al que ha golpeado y humillado duramente, y que desde entonces le chantajea amenazándole con quemar su restaurante y su casa.

Jeremiah se ha dado a la tarea de reclutar a sus mulas, conocidas como sus "secuaces", mediante un método original, aunque poco ortodoxo: prostituyendo a la bella Mylla, una chica menor de edad, y chantajeando a sus clientes. Pero el calvario de todos se ve truncado cuando Jeremiah muere trágicamente en un violento accidente de tráfico en 1994.

Meghan Padalin es una joven librera que vive en Orphea; cuando se entera del chantaje del ayuntamiento, amenaza a Gordon oralmente todas las noches y lo denuncia al teniente de alcalde, Alan Brown, haciéndole una llamada anónima. También mantiene una relación extramatrimonial con el crítico Meta Ostrovsky, que está locamente enamorado de ella.

30 DE JULIO DE 1994

La noche de la inauguración del primer Festival Orphea se produce un cuádruple tiroteo: el de la familia Gordon (el alcalde, su mujer y su hijo) y el de Meghan Padalin, testigo incómodo de la escena.

La policía sospecha rápidamente de Ted Tennenbaum: su furgoneta fue vista delante de la casa del alcalde en el momento de los asesinatos, todo el pueblo conoce sus diferencias con Gordon y, sobre todo, la policía sabe a ciencia cierta que está en posesión de una pistola Berreta que sería el arma homicida.

El detective Jesse Rosenberg y el sargento Derek Scott se hacen cargo de la investigación y consiguen reunir pruebas sustanciales que conducen a la detención de Tennenbaum. Tennenbaum es capturado y asesinado en una persecución policial en la que también muere Natasha, la prometida de Jesse. Tras la muerte del principal sospechoso, se cierra el caso.

2013-2014

La policía Anna Kanner se divorcia de su marido y se traslada de Nueva York a las afueras, al tranquilo pueblo de Orphea. Se incorpora a la comisaría como subjefa de policía, ya que el alcalde Brown le ha prometido el puesto de jefe cuando él se jubile.

Al mismo tiempo, en Nueva York, la joven Dakota Eden se ve implicada en un caso de acoso moral al haber empujado al suicidio a Tara, una de sus compañeras de clase. Dakota supuestamente tomó represalias después de que Tara borrara un valioso archivo de su ordenador: la obra de teatro que había estado escribiendo durante todo un año.

Steven Bergdorf, editor del *New York Review of Letters, mantiene una* apasionada relación amorosa con Alice Filmore, su empleada. Ella, inconscientemente, intenta arruinarle con sus costosas exigencias, mientras Steven trata de ocultar la aventura a su mujer.

VERANO DE 2014

Mientras se prepara para jubilarse anticipadamente, Jesse Rosenberg es abordado por una joven periodista que le dice que se llama Stephanie Mailer y que ha estado investigando el caso del cuádruple asesinato de 1994.

Le dice que tiene nueva información: según ella, el culpable no es Ted Tennenbaum. Tras la misteriosa desaparición de Stephanie, Jesse decide reabrir la investigación de 1994 y llama a Derek, su compañero de entonces. También contarán con la ayuda de Anna, la única policía de la comisaría de Orphea que está intrigada por el caso.

Cuando el cuerpo dela periodista desaparecida aparece ahogado, los tres héroes se ven reforzados a aclarar la situación: veinte años después, el asesino de 1994 sigue suelto y teme ser descubierto.

Cuando intentan hacerse con el informe policial de la época, descubren que ha desaparecido: lo único que queda en su lugar es un trozo de papel con las enigmáticas palabras "LA OSCURA NOCHE".

Esta noche oscura hace referencia a una obra escrita por Kirk Harvey, jefe de policía de Orphea en la época de los sucesos de 1994. Al ser interrogado, Harvey se muestra misterioso y promete revelar el nombre del culpable si su obra se representa unos días después en el vigésimo festival de teatro.

El alcalde Brown accede a su petición y Kirk audiciona a sus actores: elige a Jerry y Dakota Eden, el padre y su deprimida hija que están de paso por Orphea; Steven Bergdorf (el antiguo editor del periódico local *The Orphea Chronicle*) y su amante Alice; Gulliver, el actual jefe de policía; Samuel Padalin, el viudo de Meghan; y, por último, Ostrovsky, el famoso crítico.

También recluta a Charlotte Brown, la esposa del alcalde, que es rápidamente interrogada porque fue vista conduciendo la furgoneta de Tennenbaum la noche del asesinato por un nuevo testigo; más tarde es absuelta, pero sigue siendo sospechosa.

Michael Bird, redactor de *las crónicas de Orphea*, es designado para cubrir el acontecimiento desde dentro y asiste a todos los ensayos, que se mantienen en secreto.

Dakota es tiroteada cuando su personaje está a punto de revelar el nombre del autor de 1994, todos los actores están bajo sospecha. Kirk Harvey revela entonces que no tenía ni idea de quién era el culpable y que esperaba que diera la cara durante la actuación.

VERANO DE 2014 TRAS LA PRIMERA

Analizando la posición del cuerpo de Meghan Padalin, Anna, Jesse y Derek descubren que ella era en realidad la víctima prevista en 1994, y que el alcalde y su familia sólo fueron testigos desafortunados de la escena. Recuperan los diarios de Meghan que estaban en posesión de su marido y, al leerlos, la investigación da un importante paso adelante: no había uno, sino dos asesinos que se habían intercambiado.

El alcalde Gordon quería asesinar a Meghan Padalin porque era una amenaza para sus negocios corruptos, así que dejó que otro lo hiciera mientras él se encargaba de Jeremiah Fold. Por lo que los protagonistas tienen que averiguar quién quería muerto a Jeremiah para atrapar al asesino de Meghan, del alcalde y de Stephanie Mailer.

Anna, al reconocerla en una fotografía, consigue desenmascarar a Mylla, la antigua prostituta de Jeremiah que, tras la muerte de su verdugo, ha asumido su verdadera identidad y ahora está casada con Michael Bird.

Michael, el antiguo "títere" de Jeremiah, estaba locamente enamorado de Mylla. Por ello, planeó asesinar a su torturador y se alió con Ted Tennenbaum, que también quería deshacerse del chantajista.

Es Ted quien tiene la idea del intercambio con el alcalde Gordon y quien pone en marcha una ingeniosa estratagema: es el único que sabe quiénes son los dos asesinos y les confía los nombres de las víctimas mediante un mensaje cifrado en dos libros de la biblioteca. Cuando se entera de que es sospechoso, Michael intenta deshacerse de Anna, que está cerca del final, pero es salvada *in extremis* por Jesse y Derek. El culpable acaba confesando los asesinatos de 1994 y 2014.

ESTUDIO DE CARACTERES

EL EQUIPO POLICIAL

Jesse Rosenberg

Es el héroe principal de la historia, capitán de la policía del Estado de Nueva York, está a punto de jubilarse al principio de la novela, cuando sólo tiene 45 años. Brillante según admiten sus colegas, también es guapo.

A pesar de su innegable fortaleza, Jesse está atormentado por la muerte de su prometida Natasha, una muerte que parece estar relacionada con el caso de 1994. Esta razón es la que le empuja a reabrir este caso veinte años después, aunque ya esté resuelto.

Derek Scott

Derek Scott es el antiguo compañero de equipo de Jesse. Se jubiló tras el caso de 1994 y sigue trabajando para la Policía Estatal, pero en el departamento administrativo, donde se aburre soberanamente.

Está casado Darla, con quién tiene una hermosa familia, no duda en reabrir la investigación de 1994 a pesar de la oposición de su mujer

Anna Kanner

Tras su divorcio, Anna se trasladó a Orphea, donde trabaja como segunda subjefa del Departamento de Policía de Orphea. Anteriormente había trabajado como negociadora de la Policía del Estado de Nueva York pero dejó su puesto tras matar accidentalmente a un rehén.

Es la única mujer en la comisaría de Orphea y, como tal, primero es admirada y luego rechazada por sus compañeros. Visiblemente muy atractiva, se afirma en repetidas ocasiones que Anna atrae magnéticamente las miradas a su paso.

Inmediatamente alertada por la desaparición de Stephanie Mailer, completa el equipo formado por Jesse y Derek para investigar el caso de 1994. Su ayuda será inestimable: concienzuda, es una investigadora muy eficaz.

Ron Gulliver

Gulliver es el jefe de policía de Orphea y superior de Anna. Tiene un cuerpo grande y una dieta desequilibrada. Es vulgar y desagradable, se muestra reacio a participar en la investigación.

Además, sólo se interesa por sí mismo, ya que dimite (p. 429) durante la investigación para poder participar en la obra de Kirk Harvey en el festival de teatro.

Montaña Jasper

Jasper Montagne es jefe adjunto de la policía de Orphea, al igual que Anna, teme que su colega le gane el puesto de nuevo jefe de policía. Su físico glacial (acorde con su apellido) sólo es igualado por su mala fe: en esto se asemeja al jefe Gulliver, de quien parece ser"digno" sucesor.

Mayor McKenna

El Mayor es el jefe directo de Jesse y Derek en la Policía Estatal. Su temperamento impulsivo es debido a su carrera militar. Aunque es severo e inflexible, parece tomarle cariño al equipo y les concede regularmente tiempo extra para completar la investigación.

Kirk Harvey

Kirk Harvey era el jefe de la policía de Orphea en el momento del cuádruple asesinato de 1994; abandonó la ciudad precipitadamente poco después del caso.

Veinte años después, es un "lunático" (p. 351) que vive en Los Ángeles y dice a todo el que quiera escucharle, incluidos los aspirantes a actores, que está escribiendo "la obra del siglo".

A petición del alcalde Brown, regresa a Orphea para ayudar a resolver la investigación, pero sobre todo para llevar por fin a escena su obra maestra. Es un personaje extravagante que contribuye al alivio cómico de la novela. También puede llegar a ser mentiroso y tramposo.

LOS HABITANTES DE ORPHEA

Charlotte Brown

Antigua novia de Kirk Harvey y actriz, Charlotte fue la protagonista de la obra *Tío Vania*, que inauguró el primer Festival de Teatro Orphea.

Guapa y sonriente, ahora es la esposa del alcalde Brown y trabaja en una clínica veterinaria. Rápidamente se ve involucrada en la investigación porque se ausentó del teatro minutos antes de la representación en el momento del asesinato de 1994.

Alan Brown

Como alcalde de la ciudad, Alan Brown pronto se involucra en la investigación y hace frecuentes apariciones en la novela. Se caracteriza en particular por su marcada animadversión hacia el capitán Rosenberg, contra quien arremete.

Era teniente de alcalde en el momento del asunto de 1994 y fue destituido prematuramente de su cargo, hay pruebas de que participó en la huida organizada por el alcalde Gordon, que finalmente no se llevó a cabo a causa de su asesinato.

Michael Bird

Michael es redactor de la *crónica de Orphea*, el diario de la ciudad. Sucedió a Steven Bergdorf como director del periódico cuando éste lo abandonó poco después de los asesinatos de 1994. También fue el último empleador de Stephanie Mailer. Muestra una gran disposición durante la investigación e incluso presta sus instalaciones al equipo policial cuando ya no se sienten seguros en la comisaría.

Miranda Bird

La diferencia de edad con su marido es significativa: ella es varios años más joven que él. Su pasado es discretamente exhumado por la policía cuando descubre que fue utilizada como cebo por Jeremiah Fold para reclutar a sus secuaces.

Al final, demuestra ser completamente inconsciente de las acciones pasadas y presentes de su marido.

Cody Illinois

Vecino y amigo de Anna, fue el primero en mostrarle su afecto cuando llegó a la ciudad. Es librero de profesión y, antes de su asesinato cuando se reabrió la investigación en 2014, es un valioso apoyo y testigo de las historias y costumbres de la ciudad en 1994: ya regentaba la librería en aquella época y tenía como empleada a Meghan Padalin.

LAS VÍCTIMAS

Meghan Padalin

Meghan, el primer personaje que aparece en la novela, es vista inicialmente como una víctima colateral del asesinato de 1994, un testigo incómodo al que hay que eliminar.

Finalmente resulta que ella era el objetivo principal.

Stephanie Mailer

El personaje epónimo, Stephanie, sólo hace una breve aparición al principio de la historia, cuando llega a Nueva York y despierta la curiosidad de Jesse al revelarle que había detectado un error en su investigación de 1994.

Primero trabaja en la *New York Review of Letters*, luego en la *Orphea chronicle* antes de que la encuentren ahogada cerca de Orphea. Este último elemento confirmó a la policía la necesidad de reabrir el caso de 1994.

Joseph Gordon

Asesinado en Orphea en 1994 junto con toda su familia, Gordon era entonces alcalde del pueblo. Durante la investigación de 2014, la policía descubre su implicación en casos de corrupción que darían un motivo sólido a muchos vecinos de la ciudad.

De hecho, es una víctima colateral, un desafortunado testigo del asesinato de Meghan Padalin.

Natasha Darrinski

Natasha era la prometida de Jesse y cocinera por vocación a punto de hacer realidad su sueño de abrir su propio restaurante. Murió tragicamente durante la persecución policial de Ted Tennenbaum (el sospechoso número uno de la investigación de 1994).

THE NEW YORK REVIEW OF LETTERS

Steven Bergdorf

El director de la revista *New York Letters es un* cobarde, un hipócrita y un débil. Está atrapado en una espiral de amor infernal con su joven amante Alice: sólo la lleva a Orphea con la intención original de asesinarla para deshacerse de ella.

Pero sigue cambiando de opinión y revela un carácter inestable. Esta situación le convierte en el culpable ideal de los asesinatos de 1994: es violento, incoherente, torpe y se ve rápidamente desbordado por los acontecimientos.

Alice Filmore

Caprichosa, engreída, convencida de que es una autora en ciernes, sus intenciones con Steven Bergdorf no están claras. Ella dice amarlo, pero parece utilizarlo más como medio para obtener posesiones materiales, o como medio de ascenso profesional, ya que cree que él es capaz de elevar su manuscrito a la categoría de best-seller.

Meta Ostrovski

Crítico de profesión, Ostrovsky trabaja en la *Revue* desde hace varios años. Es extremadamente engreído consigo mismo y con su posición, hasta el punto de la caricatura. Sin embargo, su amor incondicional por Meghan Padalin lo convierte en un personaje entrañable. También es el patrocinador del libro de Stephanie.

LA FAMILIA EDEN

Dakota Eden

Dakota es una joven de 19 años notoriamente deprimida cuya vida se desmorona a causa de las drogas. Dramaturga nata, no escribe desde que hace un año llevó a un compañero al suicidio.

Jerry Eden

Jerry, multimillonario, es el director general de la famosa cadena de televisión Canal 14 y el padre de Dakota. Para ayudar a su hija, decide llevarla a Orphea para que reflexione sobre su situación.

Tara Scalini

Tara es amiga de la infancia de Dakota y se había enamorado de ella cuando era adolescente. Humillada por
Dakota tras confesar su amor, finalmente es encon-
trada ahorcada en su habitación.

CLAVES DE LECTURA

UN NIDO DE NOVELAS

Multiplicación de puntos de vista

Formalmente, *La desaparición de Stephanie Mailer* es una novela que cuenta con una historia principal, que está adornada con historias secundarias incrustadas que constituyen tantas retrospectivas como narraciones diferentes.

De hecho, si nos fijamos en la forma en que está dividida la novela, se aprecia una cierta tendencia: cada nuevo capítulo lleva como título el nombre del protagonista que presta su punto de vista a la historia que le sigue.

Para aclarar al máximo la narración, tres personajes son narradores son recurrentes: Jesse, Derek y Anna. El punto de vista de Jesse es el más representado, lo que contribuye a convertirlo en el héroe de la novela; además, cada uno de sus capítulos lleva un dato adicional: una cuenta atrás de los días que faltan para el festival.

Pero también es posible seguir las narraciones en primera persona de Steven, Jerry, Dakota y Meghan. Sin embargo, la estructura sigue siendo clara, los puntos de vista se hacen eco unos de otros y algunos de ellos dan respuesta a preguntas formuladas previamente por otros personajes: por ejemplo, el capítulo de Dakota (p. 436) propone dar continuidad al capítulo de Jerry y revelar por qué "todo ha cambiado" (p. 332).

Múltiples retrospectivas

Mientras que Jesse cuenta la historia en primera persona, las narraciones de Anna y Derek están ancladas en un espacio-tiempo concreto: Derek recuerda la investigación de 1994 con Jesse, mientras que Anna relata su vida en Nueva York y su traslado a Orphea entre 2010 y 2014.

Entre estos fragmentos en primera persona también hay retrospectivas en tercera persona que miran hacia atrás en un momento concreto, la mayoría de las veces vivido por protagonistas ya fallecidos.

Sin embargo, cada narración parece dirigirse hacia un mismo punto sublime, marcado por la cuenta atrás de los capítulos (-7, -6, -5, etc.): "0 La tarde del primero" (p. 469). De hecho, es en este punto donde confluyen los clímax de las tres narraciones principales de Jesse, Anna y Derek, cada una de ellas comprometida con lo siguiente: "Sábado 26 de julio de 2014 [...] El día en que todo se puso patas arriba". (p. 471), "Viernes 21 de septiembre de 2012. El día que todo se vino abajo". (p. 479). "Jueves 13 de octubre de 1994. El día en que todo cambió" (p. 483).

Esta multiplicación de los hilos narrativos confiere a la novela un ritmo rápido y vivo que se ve reforzado por numerosos diálogos, para darle una dimensión cada vez más cinematográfica y multiforme: en efecto, estos recuerdos que se producen justo después de un diálogo con un testigo, o después de una información que un personaje ha callado por vergüenza, tienen toda la pinta de ser *flashbacks* de Hollywood.

UNA REFLEXIÓN SOBRE LA ESCRITURA

Escritura multiforme

La novela, en su forma de guión, produce varios géneros que se entrecruzan y entrelazan. Distinguiremos tres géneros distintos, porque tienen requisitos formales de escritura: la novela, el teatro y el diario. Esta última está representada en particular por los extractos del diario de Meghan Padalin (pp. 558-560), que añaden dinamismo a la escritura y a la narración.

Sin embargo, el ejercicio es interesante porque estos extractos, aunque escritos en primera persona, no utilizan los mismos recursos enunciativos que las narraciones de Anna, por ejemplo. Estos últimos se leen como si Anna se dirigiera a un lector ignorante: se toman el tiempo de explicar, de detallar, de contextualizar, en definitiva, de narrar.

En cambio, los diarios de Meghan se presentan tal cual, totalmente introspectivos, como si quisieran proyectar al lector en el papel de investigador. No se molestan en dar explicaciones y siguen siendo egocéntricos, como demuestra la frase inicial de los diarios: "Feliz Año Nuevo para mí. (p. 558).

En cuanto al teatro, está muy presente: se puede leer, ver y constituye un decorado del que la propia novela es el escenario. Por eso el relato se abre con la descripción del montaje del nuevo evento de Orphea, que "aquella noche [...] inauguraba su primer festival de teatro" (p. 9), como una didascalia que contextualiza la escena del drama que se avecina.

Para corroborar esta idea, es interesante observar que la editorial De Fallois ha previsto una "Lista de personajes principales", que puede consultarse en la página 637, y que recuerda esta mención obligatoria en todas las ediciones de teatro. La obra de Kirk Harvey entra así en la narración como una obra dentro de otra e introduce todo un vocabulario y un universo dramático que refuerza este tema.

Por último, la obra *Tío Vania* se cita con frecuencia (ya que fue la primera obra producida en el festival de 1994) y pretende servir como referencia literaria al autor o como homenaje.

 TÍO VANIA

La obra de Chéjov *Tío Vania*, escrita en 1897, tuvo más éxito del que el dramaturgo había previsto er un principio. La obra presenta personajes agotados por la vida, en su mayoría desilusionados, que se echan de menos mutuamente y la felicidad potencial que podría resultar de su reencuentro.

Tío Vania es una reescritura de otra obra de Chéjov escrita en 1890: *El hombre en el bosque*, que originalmente era una comedia, y que fue muy mal recibida por la crítica: su transformación la dramatizó considerablemente.

La escritura del libro en abismo

Este fenómeno de interrelación entre el libro escrito y el libro leído es un tema ya desarrollado por Joel Dicker. En *La verdad sobre Harry Quebert*, su héroe (Marcus Goldman) es un escritor en busca de inspiración para su segunda novela: acaba escribiendo la aventura que está viviendo. Aquí, nuestros héroes descubren que "Stephanie estaba dedicando un libro entero al caso" (p. 114), que tituló "No culpable"; es más, está "apasionantemente escrito" (p. 115).

El misterioso patrocinador del libro de Stephanie (más tarde nos enteramos de que se trata del crítico Meta Ostrovsky), le promete escribir una "maravillosa novela policíaca" (p. 115) que los lectores "disfrutarán" (p. 115): ¡tantas críticas elogiosas para la novela que tenemos en nuestras manos, que tiene el mismo argumento!

Además, el personaje del crítico es interesante: sus funciones se analizan y contrastan muy a menudo con "el arte menor" (p. 133) de escribir. Ostrovsky se declara "policía de la verdad intelectual" (p. 133).

Joel Dicker caricaturiza esta profesión denunciando las arbitrariedades de su personaje, que escribe críticas asesinas sin ni siquiera haber abierto los libros (p. 135). Cuando Ostrovsky se convierte en actor en la obra, sufre una especie de metamorfosis y gana en humildad, como si el autor, al igual que Kirk se vengara de Ostrovsky (lo ridiculiza en su obra).

LOS RESORTES DE LA COMEDIA

Comedia de carácter

Meta Ostrovsky, a través de esta transformación, se convierte en un personaje de teatro cómico, aunque ya desde el principio denotaba esta caracterísiticas: cuando lleva a cabo el papel de crítico, no es más que exageración y caricatura, «un hombre importante» (p. 133) o, "*Dios, pero mejor*" (p. 136) son sus propias palabras para definirse.

El uso frecuente del discurso indirecto libre (páginas 132 y 133) contribuye a hacer de él un personaje detestable, pero cómico. Además, su presencia siempre se hace notar, como demuestran sus esfuerzos por hacerlo: no habla, sino que "berrea" (p. 133), "grita" (p. 337) o incluso "aúlla como un condenado con voz demasiado aguda" (p. 338).

Al igual que él, Gulliver "berrea" (p. 337) y hace el ridículo durante las representaciones en las que sostiene un "glotón disecado" (p. 398), lleva pantalones y realiza una actuación "lamentable" (p. 398) dado el aspecto del jefe de policía, cuya corpulencia sólo es igualada por su estulticia. Como su respuesta realista al acertijo de

Anna ("Quiero escribir, pero no sé escribir. ¿Quién soy?" (p. 334): "Respuesta: un pingüino" (p. 335).

Comedia de palabras y gestos

En cuanto a Kirk Harvey, es intrínsecamente un personaje teatral: su mecánica se basa en el lenguaje oral y corporal, no se compone más que de grandilocuencia y gesticulaciones. Prueba de ello es su primera representación titulada *I, Kirk Harvey*, en la que se considera capaz de ser a la vez director, autor y actor de una obra monologada en la que él es el único protagonista.

Esta disonancia entre sus ambiciones, su autoestima y las impresiones que causa en quienes le rodean crea una notoria discrepancia, y esta discrepancia es una incubadora de comedia. Es más, los sustantivos que lo caracterizan como "loco" (p. 269), "un chiste andante" (p. 316) o incluso "un viejo loco" según su propia confesión (p. 350) contribuyen a dar una imagen pintoresca y bufonesca.

Los propios pensamientos de Kirk reflejan su inclinación por la exageración y el énfasis: cuando se regodea interiormente: "Oh, querida gloria, tanto tiempo codiciada, aquí estás por fin" (p. 338), podemos observar el uso del signo de exclamación (que suele puntuar sus frases) o del "oh" lírico, característico de la parodia poética o trágica en este caso.

Estos personajes también constituyen una entrada en la comedia a través de su uso léxico. Kirk, por ejemplo, no duda en llamar a sus detractores y otros oponentes con nombres floridos: insultos como "¡Veneno!", "¡Batracio!" o "Bilis estomacal" (p. 262) añaden una dimensión burlesca al diálogo. Interjecciones como "Bigre" (p. 212) y "¡Pfft!" (p. 213) también desentonan con la narración, habitualmente fluida. La transformación del nombre "Rosenberg" en "Leonberg" (p. 213) sirve de comparación entre el policía y el enorme perro de aspecto torpe cuya raza lleva ese nombre.

PRÉSTAMO SIMBÓLICO

Orphea y el descenso a los infiernos

Este sustrato burlesco, anclado en lo concreto, coexiste con un sustrato simbólico que roza lo metafísico, especialmente a través de los nombres y la superposición de un universo mitológico al mundo de la ficción detectivesca.

"Orphea", para empezar, no niega su vínculo con Orfeo, cuyo mito es uno de los más conmovedores de la antigua Grecia. Además, Ted Tennenbaum parece ser consciente de este paralelismo, ya que bautiza su café con el nombre de Atenea, en referencia a la diosa griega de la guerra y el conocimiento.

Y aunque la narración no se detiene en este punto, no es una coincidencia; la filiación griega está bien reivindicada ya que la furgoneta de Ted lleva un búho, el pájaro fetiche de la diosa.

Este eco mitológico se ve corroborado por el acertijo "a lo Esfinge de Tebas" (p. 334) que Anna escribe en la pizarra magnética cuando los investigadores se preguntan por la identidad del misterioso patrocinador del libro de Stephanie: "Quiero escribir, pero no sé escribir. ¿Quién soy?" (p. 334).

 ## EL MITO DE EDIPO

La figura de la Esfinge, una criatura alada con cuerpo de leona y cabeza de mujer, forma parte del mito de Edipo, el héroe trágico condenado a matar a su padre y casarse con su madre. Al llegar a las puertas de Tebas, Edipo se enfrenta al monstruo que aterroriza la ciudad, devorando a cualquiera que no resuelva sus enigmas. He aquí la que propone a Edipo: "¿Cuál es el animal que por la mañana tiene cuatro patas, al mediodía dos, y por la tarde tres, y que es tanto más lento y vulnerable cuanto no tiene patas?".

La respuesta a este famoso acertijo es "el hombre", que de niño gatea a cuatro patas, de adulto se sostiene sobre dos piernas y, a medida que envejece, utiliza un bastón para caminar. La Esfinge, derrotada por Edipo, se precipita por un acantilado y el héroe logra liberar a Tebas de la criatura.

Resonancias bíblicas y creencias medievales

Además, si "mail" designa la acción de enviar, "mailer" sería una forma sustantivada que significa "mensajero", este paralelismo vincula a Stephanie con la figura del dios Hermes. El mensajero es una figura recurrente en la mitología y también encuentra resonancia en la religión católica, donde profetas y apóstoles son los garantes de la palabra de Dios.

Y esta palabra divina es la de Stephanie, que ha venido a decirle a Jesse una "verdad" (p. 19) en presente de verdad general: "Usted no ha resuelto este caso, capitán. (p. 19). La periodista será asesinada: como ella, la mayoría de las veces en la Biblia, los mensajeros son visionarios incomprendidos destinados a acabar como mártires. Entre ellos, destacamos "Jeremías", nombre de una de las víctimas de 1994, que se hace eco de la tesis anterior.

Finalmente, antes del suicidio de Tara, la familia Eden vive feliz en el "Jardín del Edén" (p. 436), nombre de su residencia de verano. Este juego de palabras implica tanto su propio apellido como una referencia bíblica al maravilloso jardín del Génesis. Pero cualquier Jardín del Edén sugiere culpa y luego caída: Tara empujada al suicidio por Dakota y luego el lento descenso de Dakota al infierno.

El infierno se encarna en la obra *La Nuit noire*, escrita por Kirk Harvey, cuyo propio título está teñido de simbolismo apocalíptico. El antiguo jefe de policía utiliza esta dimensión para promocionar la obra en 1993 y 1994: escribe mensajes apocalípticos en las paredes ("*Pronto comenzará la noche oscura*" [p. 162]) y crea así un verdadero rumor del fin del mundo, que susurran temerosos todos los habitantes de Orphea.

Es más, cuando Alice deja entrar a un periodista en la sala de ensayos, le advierte corrigiéndole: no es una "puerta de teatro", es "la puerta del infierno" (p. 451).

Por último, el texto en latín que pronuncia Meta Ostrovski en la obra (*"Dies irae, dies illa,//solvet saeclum in favilla!"* está tomado de un poema medieval de inspiración apocalíptica. Las últimas referencias simbólicas son ecos de la Edad Media; por poner un ejemplo, el personaje de Kirk asume el papel del loco medieval: respetado porque es portador de la verdad.

VÍAS DE REFLEXIÓN

ALGUNAS PREGUNTAS PARA SEGUIR REFLEXIONANDO...

* La novela tiene la peculiaridad de comenzar en el capítulo 7. Explique esta característica y su importancia para la construcción de la historia.

* En la página 270, un detalle ya nos deja entrever quién es la verdadera víctima del 30 de julio de 1994.

* ¿Cómo promociona Kirk Harvey su obra para el primer Festival de Teatro Orphea? ¿Cuál es la clave para entenderlo?

* El campo léxico del teatro se encuentra a lo largo de toda la novela; encuentre ocho términos relacionados con este universo.

* Aparte del diario y el teatro, ¿qué otras formas de escritura pone en escena la novela?

* Mira el pasaje de la página 489 a la 499. ¿Qué tipos de comedia se plantean en este capítulo y qué personajes son los vectores?

* ¿De qué país es Natasha? ¿Cuáles son los distintos elementos que permiten afirmarlo?

* En tu opinión, ¿qué sentido tiene tener personajes como Dakota y Jerry en una novela policíaca?

PARA IR MÁS LEJOS

EDICIÓN DE REFERENCIA

La disparition de Stephanie Mailer, París, Éditions de Fallois, 2018.

ESTUDIOS COMPARATIVOS

Atlas de la mythologie, París, Éditions Glénat, 2003.

KOUTCHOUMOFF L., "Joël Dicker, ginebrino, 27 años, soñaba con escribir una gran novela americana. Lo hizo", en *Le Temps*, 15 de septiembre de 2012. Consultado el 18 de octubre de 2018.

https://www.letemps.ch/culture/joel-dicker-genevois-27-ans-revait-decrire-un-grand-roman-americain

Sitio web oficial de Joel Dicker, "Biography", en JoelDicker. Consultado el 18 de octubre de 2018.

https://joeldicker.com/biographie/

¡Su opinión nos interesa!
¡Deje un comentario en la pagina web de su librería en línea,
y comparta sus favoritos en las redes sociales!

ISBN ebook: 9782808687126
ISBN papel: 9782808698528
Depósito legal: D/2023/12603/1132

Cubierta: © Primento
Libro realizado por Primento, el socio digital de los editores